AF581364

CANTATE

SUR

LA RESTAURATION DE LA FRANCE,

AVEC UN PRÉAMBULE;

SUIVIE D'UNE

ODE

SUR LE RÉTABLISSEMENT

DE LA STATUE D'HENRI-QUATRE,

D'une Élégie, d'une autre Cantate, de Stances et d'autres vers;

PAR J. M. ARIS..... D'GALLIA,

Auteur des Opuscules intitulés : *l'Homme*, *ode*, *etc.* *Tableau des malheurs et de la mort des illustres Prisonniers du Temple*, etc. etc.

Patriæ charitas.
Utile dulci.

A PARIS,

CHEZ PILLET, Libraire, rue Christine, n°. 5;
Où se trouvent aussi les autres ouvrages de l'Auteur.

OCTOBRE 1819.

DE L'IMPRIMERIE DE DOUBLET.

PRÉAMBULE.

CET Opuscule est presque le moins utile de ceux que j'ai publiés; et j'assure que nous ne donnerons rien qui n'ait un même but, *utile dulci :* soit que nous fassions paraître un roman, une pièce de théâtre (1), d'autres poëmes ou quelque chose sur l'histoire, la morale et la politique. Tout ce qui vient de l'esprit, dans un homme sage, est noble; aucun genre n'est mauvais par lui-même; la manière dont un ouvrage est traité doit seule décider de son mérite. Depuis l'âge de dix-sept ans, je n'ai cessé de faire des études, d'observer; je brûlai de céder à la

---

(1) Je demande pardon à nos honnêtes lecteurs, si je les entretiendrai de nous dans cet ouvrage, quoique je ne le fasse pourtant que pour le public.

J'ai peut-être été au spectacle une quarantaine de fois, et j'avoue n'y avoir pas toujours joui. J'ai, par exemple, aimé beaucoup à lire les meilleurs ouvrages des auteurs comiques et tragiques. Voici pourquoi, nous sentant les moyens de faire une bonne pièce, nous avons écrit aussi dans ce genre; si le théâtre est susceptible d'être dangereux pour quelques personnes, il n'en est pas ordinairement de même des drames. Les romans ont assurément besoin d'un choix plus scrupuleux.

voix de la nature, de mériter les suffrages de mes contemporains avec ceux de nos neveux ; et dès-lors je pris pour devise : *honneur, vertu.*

Que fait le Dieu de toute éternité sur son trône immuable ?. . . Le lecteur à qui je fais cette proposition dira sans doute comme nous : « Il pense ; il veille à la conservation de ses œuvres, et desire en jouir noblement dans une douce contemplation, dans une tranquillité parfaite ». Voilà pourquoi, malgré la froideur de quelques-uns de leurs contemporains, les *Euripide* ou les *Corneille*, les *Pline* ou les *Buffon*, les *Horace* ou les *Jean-Baptiste*, les *Aristote*, les *Platon* ou les *Jean-Jacques*, les *Montesquieu*, ont poursuivi leurs travaux, ont accompli la destination où la nature les appelait.

J'écris ceci avec d'autant plus de plaisir que la classe des lecteurs polis, instruits, me l'a souvent fait sentir ; elle m'a donné la preuve qu'elle savait apprécier (1) la différence des

(1) Si je ne l'avais ainsi pensé, même étant fort jeune, il y a long-temps que j'aurais abandonné les lettres. Elles ont besoin d'un entier dévouement. Et comme le guerrier qui expose sa for-

choses et des objets qui n'ont rien de commun entre eux; et qu'elle voyait dans le véritable poète,

---

tune pour le salut de l'Etat, ainsi, sans pourtant être riche, j'ai toujours fait des épargnes pour les leur sacrifier. Je manderai à cette occasion les choses suivantes : ayant vu, dans les almanachs, que des particuliers portaient le nom de notre père, et nous trouvant alors deux frères, je fus bien aise, à l'exemple des *Voltaire*, des *Montesquieu*, etc., de me faire un nom inconnu à l'univers : nous étions donc bien différent de ces êtres vulgaires qui, la plupart, s'approprient impudemment des noms respectables. Il est bien juste de donner la préférence à *Gallia*, parce que, comme l'a dit un véridique journal, il est analogue à nos sentimens. Quel plus beau nom pourrai-je en effet porter, moi qui desire avant tout le bonheur, l'amour de la Patrie ! *Patriæ charitas*.

On voit, dans notre précédent Opuscule, l'annonce d'un manuscrit sous ce titre : Les Mémoires d'Aris.. de Gallia, ou l'effet des passions. . . . Nous nous sommes aperçus qu'il donnait lieu à de fausses conjectures, c'est pourquoi nous l'intitulerons : *Justin-Aristippe*, ou les mémoires de J. Mi. Gallia; lettres sur son enfance, ses penchans pour les armes, ses goûts pour les lettres, ses travaux, la passion de Julie, ses voyages, etc., etc.

Je prie le lecteur instruit de me permettre encore la digression suivante : je dirai qu'Aristippe est un nom qu'a porté un ancien, comme Justin fut porté par un empereur, un auteur, un martyr. Aristippe était un homme d'un savoir distingué; et parce qu'il portait de beau linge, parce qu'il était rarement négligé, parce qu'il aimait les belles personnes, il n'en fut pas moins un véritable et un bon philosophe. *Aristippe* était grec ainsi qu'*Aristide*; il était ce que fut et doit toujours être un noble auteur; mais je crois qu'*Aristide* m'aurait mieux convenu, étant juste et sage par excellence. Si je dois encore porter le nom du philosophe, il forme du reste avec De Gallia, une belle harmonie; et si je m'en rends digne, il suffira pour nous distinguer à la postérité.

dont les connaissances sont grandes, les goûts relevés, l'ame sage, un écrivain éminemment distingué, un philosophe chrétien, un génie capable d'être grand homme d'état comme un grand homme de guerre, si la destinée l'avait placé dans l'une ou l'autre carrière. Mais les lettres étant ce que j'aime le plus, et ne me croyant pas appelé à d'autre gloire, il est au moins naturel que je m'efforce de plaire à la classe des lecteurs dont j'ai l'honneur de parler.

Nous n'avons rien à dire des pièces suivantes : la première fut composée en 1816; nous souhaitons que toutes puissent être agréables au public.

Je croyais beaucoup faire paraître cet automne un éloge, en vers, de *Jacques Delille*, précédé d'un discours préliminaire; mais nous trouvant également les pièces suivantes, je pense que notre amour pour le repos et la prospérité de la France, nous fait un devoir de les publier aujourd'hui.

CANTATE

SUR L'HEUREUSE RESTAURATION

DE LA FRANCE.

(On se suppose au temps de la Fable, et on suppose que la France doit sa libération à Pallas ou Minerve, déesse des Arts et de la Paix.)

QU'IL est beau le jour où le dieu Mars et Bellone,
Désarmés par Minerve, ont perdu leur couronne!...
Là haut, dans ces palais où le maître du sort
Tient en main le tonnerre,
Où tous les immortels, qui sont dieux sur la terre,
Disposent à leur gré les douleurs et la mort;
Là-haut, dans un bosquet, en un lieu solitaire,
Dormait avec sa sœur le dieu cher aux combats.
Minerve les approche, et parle ainsi tout bas:
Dormez, ô dieux inexorables,
Vous, sous qui gémit l'univers!
Puisque vous êtes intraitables,
Il faut que je brise vos fers.

Compagne, vois leur paix profonde ;
Oui, je dois montrer mon pouvoir :
Il est temps de montrer au monde
Que je veux lui rendre l'espoir.
Dormez, ô dieux inexorables,
Vous, sous qui gémit l'univers !
Puisque vous êtes intraitables,
Il faut que je brise vos fers.
C'est ainsi qu'elle parle ; et, détachant sa lance,
D'un œil, d'un air, d'un bras où se peint la vaillance,
Elle arrache l'épée à l'ami des combats :
Elle s'approche de Bellone ;
Et foulant aux pieds sa couronne :
« Ne crois pas à jamais disposer du trépas ».
Elle dit : et son aimable compagne,
Celle qui partout l'accompagne,
Se charge au même instant de ce qu'elle a conquis.
L'Amour, le tendre Hymen, et les Jeux et les Ris,
Aussi tôt se présentent ;
Voici tous comme ils chantent.
O bonheur ! ô plaisirs parfaits !
O triomphe ! ô belle victoire !
Nous allons recouvrer la paix
Avec notre première gloire.

Tendres mères, jeunes époux,
Ne redoutez plus les coups
De l'insensible amazone.
D'elle et de Mars nous foulons la couronne.
Essuyez vos pleurs,
Calmez, calmez vos douleurs :
Et dans l'alégresse
Remerciez la Sagesse !
O bonheur ! ô plaisirs parfaits !
O triomphe ! ô belle victoire !
Nous allons recouvrer la paix
Avec notre première gloire.
Mars et Bellone alors s'éveillent en sursaut.
Pourquoi ces cris, ces chants ? Viennent-ils du Très-Haut ?
Ah, quel malheur ! ma force est désarmée !...
Que vas-tu devenir, brillante renommée ?
O Jupiter ! ô temps de l'antique Ilion !
Ton règne est donc passé, funeste Ambition ?....
Achille, Enée, Hector et le grand Alexandre,
Je ne verrai donc plus d'autres cités en cendre ?
O barbare destin, ô trop fatal sommeil !
O désespoir, ô mort, ô si cruel réveil !
O mon adorable Bellone,
Vois les restes épars de ta noble couronne.

Ainsi Mars, dans la douleur,
Faisait éclater sa peine.
Quelle n'était pas sa haine!
Comme il aurait voulu venger son déshonneur!
Aimons la Sagesse,
Recevons ses lois;
Dans notre alégresse,
Adorons nos Rois.
Soyons plus tranquilles;
Gloire à ses bienfaits!
Nos champs et nos villes
Vont trouver la paix.
Aimons la Sagesse,
Recevons ses lois;
Dans notre alégresse,
Adorons nos Rois.

Nota. Ma pièce lyrique en trois actes est dans ce même esprit, c'est pourquoi elle est intitulée : *Minerve protectrice de la France*, ou le Retour des Lis. J'y ai joint une nouvelle Préface; 32 pages in-8°. : Prix 75 c.; par la poste, 90 c.

ODE

SUR LE RÉTABLISSEMENT

DE LA STATUE DE HENRI IV,

A PARIS.

HENRI!.... Quel bon roi ma lyre
Veut honorer en ce jour?
Dans un noble et beau délire,
Elle est toute à notre amour.
Créateur de l'harmonie,
Viens enflammer mon génie:
Qu'il cède aux vœux des Français!
Et, sensible à notre gloire,
Les neuf filles de Mémoire
Vont se rendre à nos souhaits.

O temps ! ô jour déplorable,
Où la Discorde en fureur,
D'une main infatigable
Sema partout la terreur.
Témoin de sa frénésie,
A sa noire jalousie
Tu reconnus ses transports,
Ses transports enfans du crime,
Cherchant partout la victime
De leurs trop puissans efforts.

La Paix régnait sur la terre,
Nos Princes étaient heureux;
On y fomenta la guerre,
Et chacun fut malheureux.
Toutes les ames sensées,
Dans les plus tristes pensées
Cherchaient en vain le repos:
Sacrifié par l'envie,
L'heureux chef de notre vie
Fut en proie à tous les maux.

A cette époque funeste,
On ne sut rien respecter ;
Bravant le courroux céleste,
On voulait tout insulter.
« Volons vers la chère idole
« Du sot esprit qui s'immole
« Pour fêter le bon HENRI ;
« Frappons aux pieds sa statue,
« Et sortons-là de la vue
« Du sage...., son favori. »

Ainsi parle la déesse
Qui se plaît dans les débats,
Et dont la plus douce ivresse
Est au milieu des combats.
Alors cette auguste image,
A qui tout rendait hommage,
Tombe sans retardement ;
Et la Patrie indignée
Reste long-temps consternée
Par cet autre événement.

Toute livrée à ses larmes,
Elle pousse des sanglots;
Puis de nouvelles alarmes
Viennent aggraver nos maux.
HENRI, ta race immortelle,
En nous demeurant fidèle,
Pleurait aussi nos malheurs;
Et, loin de sa chère France,
Elle pensait en silence
A nos cuisantes douleurs.

Là, dans une autre atmosphère,
Toujours en réflexion,
Son noble esprit délibère
Dans la méditation.
Avec les bons cœurs unie,
Sans craindre la calomnie,
Elle conserve l'espoir:
Sans doute elle était souffrante;
Mais une main bienfaisante
Devait la faire revoir.

Jour fortuné d'alégresse,
Où sont revenus les lis;
C'est l'éternelle sagesse
Qui nous ramena Louis.
Soudain l'auguste Patrie
D'un commun plaisir s'écrie :
« Français, fêtons son retour;
« Voicile Roi magnanime
« Et le Prince légitime
« Qui mérite notre amour. »

Un aussi touchant langage
Fait entendre d'autres voix;
Les oiseaux dans le bocage
En enchantèrent les bois.
Echo, dans la solitude,
Rêve à la béatitude
Que nous allons ressentir;
Elle redit ces paroles,
Qui vont jusque vers les pôles
En notre nom retentir.

Bon HENRI ! voici ta race
Qui rentre dans ses foyers :
Au ciel nous en rendons grâce,
Et te livrons nos lauriers.
Valeureux, sensible, aimable,
Grand et toujours estimable,
Tu fus un des meilleurs rois ;
Cette justice éclatante,
Fruit de ton ame excellente,
Aujourd'hui je te la dois.

Discorde, sombre furie,
Monstre venu des enfers,
Fuis donc hors de ma patrie ;
Retourne au sein du pervers.
Fuis, déesse trop infâme,
Poison et tourment de l'ame,
Tu ne peux suivre la Paix.
La Paix revient dans la France,
Et cet ange d'innocence
Nous assure des bienfaits.

HENRI, je vois donc revivre
Tes illustres descendans :
Puissent-ils long-temps survivre
A tous les cris des méchans !
On relève ta statue ;
Elle rayonne à la vue
Des amis du doux repos.
Que la Paix nous soit constante,
Et d'une voix éloquente
Nous préserve de grands maux !

La région éthérée
Cède à notre protecteur ;
Du séjour de l'empirée,
Il est notre bienfaiteur.
Il répand sur la Patrie
Cette bonté si chérie
Dont il combla nos aïeux ;
Oh ! que la Paix, que la Gloire,
Nous accordent la Victoire
Digne du Sage et des cieux !!!

ÉLÉGIE

Au sujet d'un Prince de quatre mois et demi, qui a vécu deux heures, et fils de LL. AA. RR. le Duc et la Duchesse de Berri.

Il n'est plus cet enfant, ce frère d'Isabelle,
Dont ma lyre annonça la naissance et la mort (1).
Il n'est plus ce cher Prince ; ah! trop barbare sort,
Ne peut-tu donc sentir une douleur cruelle?
Amour, vois sa maman, ses traits décolorés,
Lis dans ses yeux éteints le feu de sa tendresse ;
Ressens tous les regrets d'une illustre Princesse,
Et souris mieux à ses vœux desirés.
Son cœur fort s'est fait connaître (2) ;
Aux tendres sentimens puissent-ils donc renaître!
Oui, Destin, fléchis ton courroux,
Seconde les desirs de deux nobles Epoux,
Procure des soutiens à notre auguste France!
Tu nous ravis un ange d'innocence!...
Eh bien ! taris les pleurs du vertueux amour ;
Signale maintenant ta bonté, ta clémence,
Et promets aux Français l'aurore d'un beau jour.

---

(1) Dans l'opuscule intitulé l'Homme, ode.

(2) Elle a fait preuve de courage au moment des douleurs, et après.

CANTATE

A l'occasion de la naissance de S. A. R. la Princesse Marie-Louise-Thérèse d'Artois, *Mademoiselle*.

Enfin il est venu cet enfant bien-aimé !
Muses, secondez-moi dans mon noble délire :
Vous le savez ; souvent il occupa ma lyre (1) :
Ainsi par vos accens qu'il soit plus estimé.
Oui ! célébrons la nouvelle Princesse,
Gage si doux d'un hymen vertueux ;
Prodiguons-lui la plus vive tendresse ;
Elle sera l'appui du juste malheureux.
Mais, quoi ! n'entends-je pas une voix qui fredonne ?
Ne vois-je pas une verte couronne ?
« Elle a paru cette fleur,
« Par la France desirée ;
« Et la plus belle contrée
« Ressentira son odeur.
« Comme une onde fugitive
« Qui passe et naît chaque jour,
« C'est le vœu de notre amour :
« Ainsi, long-temps qu'elle vive !

---

(1) Voyez l'opuscule intitulé : l'Homme, ode, etc., et mon Ode sur le mariage de LL. AA. RR. le Duc et la Duchesse de Berr. Elle se trouve dans *Polymnie et Calliope reconnaissantes*, (odes), autre Opuscule.

« Elle a paru cette fleur,
« Par la France desirée ;
« Et la plus belle contrée
« Ressentira son odeur. »
Voilà comme chantait ma divine Patrie,
Lorsque le dieu des arts, le dieu de l'industrie,
Se présente à mes yeux couronnant un enfant.
Par ce tableau ravissant,
Je vois la jeune Thérèse;
Et le sage Louis-Seize,
Me le rend bien plus touchant:
Car ce bon Roi, ce Prince magnanime,
Paraît aussi, tenant la noble fleur;
Il fut content d'être notre victime;
Il veut encor notre plus doux bonheur.
Aimons l'innocence,
C'est le premier bien;
De l'auguste France
Soyons le soutien.
Toi, *Mademoiselle*,
Cèdes à nos vœux;
Sois-nous très-fidèle;
Vois-nous plus heureux.
Aimons l'innocence, etc., etc.

INVOCATION MORALE,

En allant au cimetière du P. Lachaise, un matin que le temps était à la pluie.

SOLEIL, astre charmant, image du Très-Haut,
Au nom de la puissance
Qu'il voulut te donner là-haut,
Fais sentir ici-bas ton aimable influence.
Dissipe ce temps nébuleux;
Promets-nous un jour moins douteux;
Je veux aller rêver près des tombeaux.
Près des tombeaux, j'apprends à supporter les maux,
A vaincre un orgueil trop austère,
A rechercher l'auguste vérité (1);
A mieux respecter l'homme, à chérir mieux un père,
A fouler à mes pieds la sotte vanité.
Près d'eux je sens le prix d'une trop courte vie,
Malgré les efforts de l'envie;
Je sens le prix des solides vertus,
Sans rejeter le nécessaire,
Sans négliger le salutaire,
Sans desirer le superflus.

---

(1) J'espère que nous aurons bientôt le plaisir de publier le manuscrit intitulé: *Le Christianisme prouvé par l'existence de Dieu, et la nécessité d'une révélation.*

A L'AUTEUR

De deux Opuscules intitulés : l'un, J...., ou *le Jeune Étourdi*; l'autre : Anette, ou *la Petite Orpheline*

J'AI lu ces contes si charmans,
Ingénieux autant que ta sagesse ;
Ces récits inspirés par les doux sentimens
D'une secrète tendresse.
Ainsi l'Amour, cet enfant inventeur,
Les sut dicter à ton sensible cœur :
Ils apprennent qu'ici tout est vicissitude ;
Il nous faut donc garder la douce quiétude.
Par leur tribulation
De tes héros tu mêles l'action :
C'est bien fait ; mais pourquoi demeurer inconnue ?
Ah ! ne pouvais-tu pas être plus ingénue ?...... (1)

(1) Si j'avais moins à me féliciter de gens honnêtes, je n'ignorerais peut-être pas du tout l'auteur de ces contes ; aussi j'aurais tant à leur dire ! . . . Qui que vous soyez dont j'ai négligé l'estime, pensez que je vous la rendais au fond du cœur, et que ma froideur était presque générale. Ceci me force, avec ces contes, à entrer dans des détails. Je me rappelle avoir vu mademoiselle d'A***, petite-fille de deux présidens, et mademoiselle d'H***, fille du marquis de ce nom, etc., etc. Si je n'avais pas eu de vocation pour les Lettres, j'avoue que je m'aurais cru fort heureux de pouvoir faire un choix parmi ces nobles et jeunes personnes ; mais on ne s'unit que pour s'aimer, et par mes goûts et le caractère de mon ame, on a dû voir qu'il me faut un objet vraiment riche. Alors je ne craindrais pas sur notre existence commune ; le sort des enfans qui pourraient en naître, sera du moins assuré. Je dis ceci, parce que j'aime le repos ; je ne voudrais pas qu'on perdît un temps inutile. Jusqu'ici je crois avoir eu seulement la sagesse pour compagne et les muses pour amantes ; je ne m'ennuie pas en leur compagnie, incapable de vaincre les honnêtes penchans de notre cœur

ZÊPHIR,

Ou *Ma Promenade champêtre*; stances faites à B....

Doux zéphir, depuis une heure
Je t'espère dans ces lieux ;
Viens y faire ta demeure !
Toujours pour moi tu fus délicieux.
— Je cherche ici la solitude,
Le vrai beau, le vrai bon, et toute leur douceur ;
Je goûte avec béatitude]
Tout ce qui peut enchanter notre cœur.
Voir la beauté me sourire,
Et l'homme et ses enfans souvent penser à moi,
Me sentir des neuf Sœurs inspiré par ma lyre,
Ce plaisir est plus doux que celui d'être roi.
Penser à la bonté céleste,
Aux biens qu'elle répand sur nous ;
A toutes les vertus qu'elle nous manifeste,
Pour fléchir son juste courroux :
Admirer sa grandeur et sa haute puissance ;
Louer tous ses desseins et ses pensers secrets ;
Dans les plaisirs permis chercher la jouissance ;
Voilà de notre cœur les plus ardens souhaits.
Ainsi que vous, Platon, Virgile, Horaces,
J'aurai fini bientôt des écrits immortels :

Ils m'ont coûté du temps; mais, toujours efficaces,
A la postérité j'aperçois des autels.
Des marbres, des palais, des familles nombreuses,
Les saisons et le temps en ont enseveli :
Muses, je ne crains point ; déesses merveilleuses,
Vous saurez pour toujours me sauver de l'oubli.
Viens, Zéphir, dans ce bocage :
Viens ; tu charmes mes loisirs ;
Par toi s'embellit le feuillage,
Il augmente alors mes plaisirs.

QUATRAIN

Fait en quittant St.-Germain, à 4 lieues de Paris.

Saint-Germain, je t'ai vu ; que j'aime ta terrasse !
Elle offre à nos regards un tableau ravissant :
De ce point enchanteur, d'où je vois tant d'espace,
Combien l'homme est petit ! que je sens son néant !

AUTRE, *au Mont-Calvaire de Paris.*

Salut, lieu de mystère,
Où tout m'a retracé *la sainte Passion ;*
Mon esprit s'est soumis, mon ame te vénère :
Puisse le monde entier chérir ma Religion ! (1)

---

(1) Je suis convaincu qu'il existe une grande harmonie dans la nature ; et cette harmonie bien reconnue, on doit admettre la vérité d'une chose dont la possibilité est si évidente.

www.ingramcontent.com/pod-product-compliance
Lightning Source LLC
LaVergne TN
LVHW050508160826
845677LV00003B/1008

* 9 7 8 2 3 2 9 6 3 6 9 1 7 *